LES DINOKIDS

Ma plante ne veut pas grandir!

À tante Joyce
— S.M.

Données de catalogage avant publication
de la Bibliothèque nationale du Canada

Metzger, Steve
Les dinonous, ma plante ne veut pas grandir!

(Les dinonous)
Traduction de : Dinofours, my seeds won't grow!
ISBN 0-439-98648-6

I. Wilhelm, Hans, 1945- . II. Allard, Isabelle. III. Titre.
IV. Collection : Metzger, Steve. Dinonous.

PZ23.M485Din 2001 813'.54 C2001-930241-X

Édition publiée par Les éditions Scholastic, 175 Hillmount Road, Markham (Ontario) L6C 1Z7.

5 4 3 2 1 Imprimé au Canada 01 02 03 04 05

Steve Metzger
Illustrations de Hans Wilhelm

Texte français d'Isabelle Allard

Les éditions Scholastic

C'est le printemps!

Mme Dé rassemble les Dinonous autour de la table d'activités.

— Aujourd'hui, nous allons planter des graines de haricots verts, dit-elle. De quoi les graines ont-elles besoin pour pousser?

— De terre, dit Danielle.

— Oui, dit Mme Dé. Autre chose?

— Elles ont besoin d'eau! ajoute Joshua.

— Et de soleil! lance Tracy.

— Oh là là! s'exclame Mme Dé. Vous en savez beaucoup sur les plantes. Maintenant, que va-t-il arriver à ces graines, d'après vous?

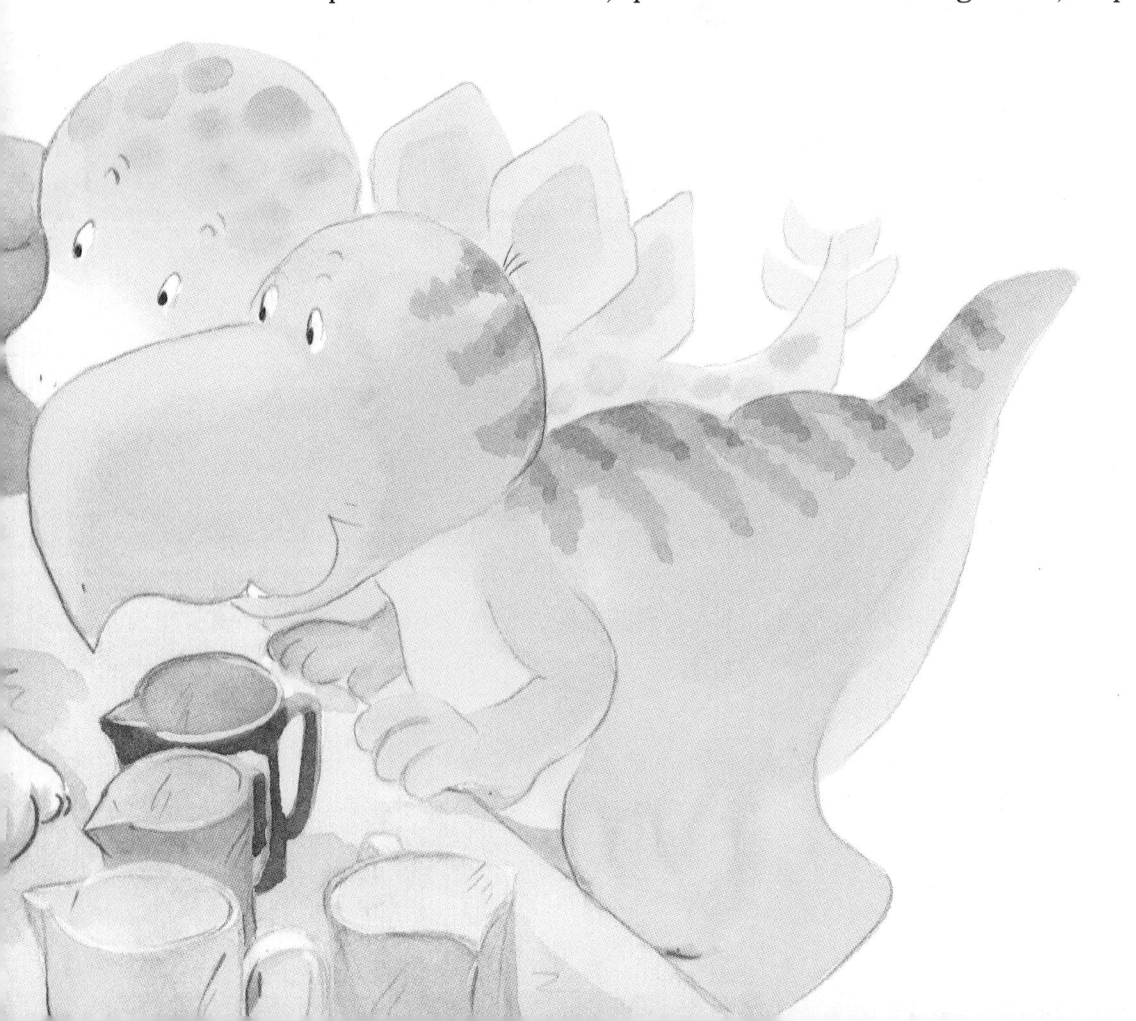

— Peut-être qu'elles vont se transformer en tiges de haricots géants, comme dans *Jacques et le haricot magique*, dit Albert. C'est une histoire effrayante avec un ogre.

— Ça m'étonnerait beaucoup, Albert, dit Mme Dé. Quelqu'un a d'autres idées?

— Ce sont des graines de haricots verts, dit Tara. Donc, elles vont devenir des haricots verts.

— Plantons-les tout de suite, dit Brendan avec agitation. J'ai hâte de voir ma plante grandir. Elle sera la plus grande de toute la classe.

— Non, ce n'est pas vrai! dit Tara.

— Oui, c'est vrai! dit Brendan. Tu verras!

— Bon, bon, les amis, dit Mme Dé. Commençons.

Mme Dé donne à chaque Dinonous trois graines de haricots verts, de la terre, un petit pot, une cuillère et une tasse à mesurer remplie d'eau.

Les Dinonous plantent les graines et les arrosent. Puis Mme Dé leur distribue des bâtonnets où sont inscrits leurs noms et leur dit de les enfoncer dans la terre.

— C'est le temps de choisir une autre activité, annonce Mme Dé.

Tous les Dinonous quittent la table, sauf Brendan.

BREND

— Je pense que je vais rester ici et regarder ma plante pousser, dit-il.
Puis il chante une chanson :

Ma plante va pousser, pousser, pousser
De plus en plus haut,
Un jour, elle va dépasser
Tous les autres haricots!

— Brendan, ça prend beaucoup de temps avant que les graines poussent, dit Mme Dé.

— Bon, dit Brendan en s'éloignant de la table. Mais je vais revenir les regarder plus tard.

Les jours suivants, Brendan arrive le premier à l'école. Il court vers la fenêtre où sont alignés les pots qui contiennent les graines.

Mais c'est toujours la même chose : rien ne pousse.

— Ma plante ne veut pas grandir! dit-il. Ça ne marche pas…

— Tu verras, elle va grandir, dit Mme Dé. Il faut seulement que tu sois patient.

Brendan s'aperçoit que la terre est sèche dans son pot. Il ajoute un peu d'eau.

— Peut-être qu'elle va pousser demain, dit-il.

Après deux semaines, il n'y a toujours pas de plantes. Le vendredi après-midi, Mme Dé rassemble les Dinonous pour leur souhaiter une bonne fin de semaine.

— Je sais que vous avez tous hâte de voir pousser vos haricots verts, dit-elle.

— Surtout moi, dit Brendan.

— Oui, dit Mme Dé, surtout Brendan. Peut-être qu'il y aura du nouveau lundi matin...

— J'espère, dit Brendan.

— N'oubliez pas, dit Mme Dé. Lundi, c'est l'anniversaire de Danielle. Nous allons faire une fête.

Les Dinonous poussent tous des cris de joie. Puis Mme Dé les laisse partir avec leurs parents, grands-parents et gardiens.

Le lundi matin, Brendan arrive le premier, comme d'habitude. Il court vers la fenêtre.

D'abord, il est heureux de voir que les haricots ont poussé dans tous les pots. Mais quand il compare son pot avec celui des autres, il est vite déçu.

Ma plante est la plus petite, se dit-il. *Et celle de Joshua est la plus grande. Comment ça se fait*?

BRENDAN
TRACY

Après s'être assuré que personne ne le regarde, Brendan change son bâtonnet pour celui de Joshua. Maintenant, c'est lui qui a la plus haute plante, et Joshua la plus petite.

Quand les autres enfants arrivent, Brendan leur montre les plantes.

— Regardez, je vous l'avais dit! lance-t-il. La mienne est la plus grande.

Joshua voit que sa plante est la plus petite. Mais au lieu de se fâcher, il hausse les épaules et s'éloigne.

BRENDAN
TRACY
JOSHUA
TARA

Plus tard dans la journée, les Dinonous se rassemblent autour de la table pour célébrer l'anniversaire de Danielle.

— J'ai apporté des muffins aux bleuets, annonce Danielle en désignant le panier que tient Mme Dé. Je les ai fait cuire avec ma maman hier soir.

Mme Dé donne un muffin à chaque Dinonous. Brendan remarque que les bleuets forment un drôle de visage sur le sien.

— Regarde, dit-il à Tracy. Mon muffin a un sourire. Il est drôle!

Tracy regarde le muffin de Brendan, puis le sien.

Mon muffin est bien ordinaire, pense-t-elle. *Il n'est pas drôle comme celui de Brendan.*

Pendant que les Dinonous se tournent vers Danielle pour lui chanter *Bonne fête*, Tracy change son muffin pour celui de Brendan.

Quand Brendan s'en aperçoit, il dit à Tracy : « Tu as pris mon muffin! Redonne-le-moi! »

— Je suis la meilleure amie de Danielle, dit Tracy. C'est moi qui devrais avoir le plus beau muffin.

— Ce n'est pas juste, crie Brendan. C'est mon muffin!

Soudain, Brendan se rappelle qu'il a changé son bâtonnet pour celui de Joshua.

Ça non plus, ce n'est pas juste, se dit-il.

— Madame Dé, dit Brendan, j'ai quelque chose à vous dire.

Mme Dé s'approche de Brendan.

— Ce matin, j'étais triste quand j'ai vu que la plante de Joshua était la plus grande et que la mienne était la plus petite, dit-il. Alors, j'ai échangé nos noms. Je m'excuse.

— Brendan, ce que tu as fait me déçoit, dit Mme Dé. Mais je suis bien contente de voir que tu es honnête. Maintenant, allons parler à Joshua.

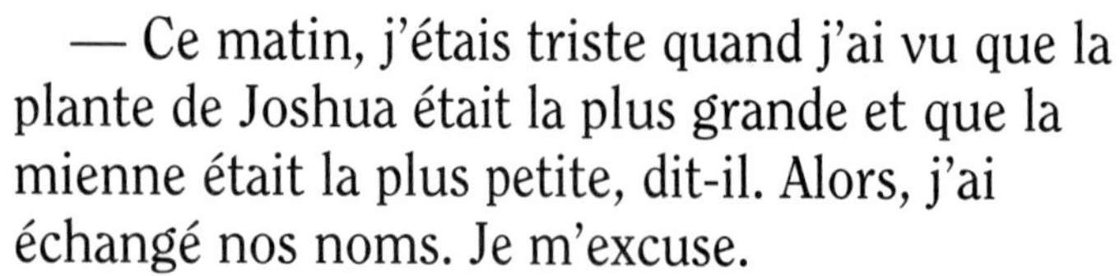

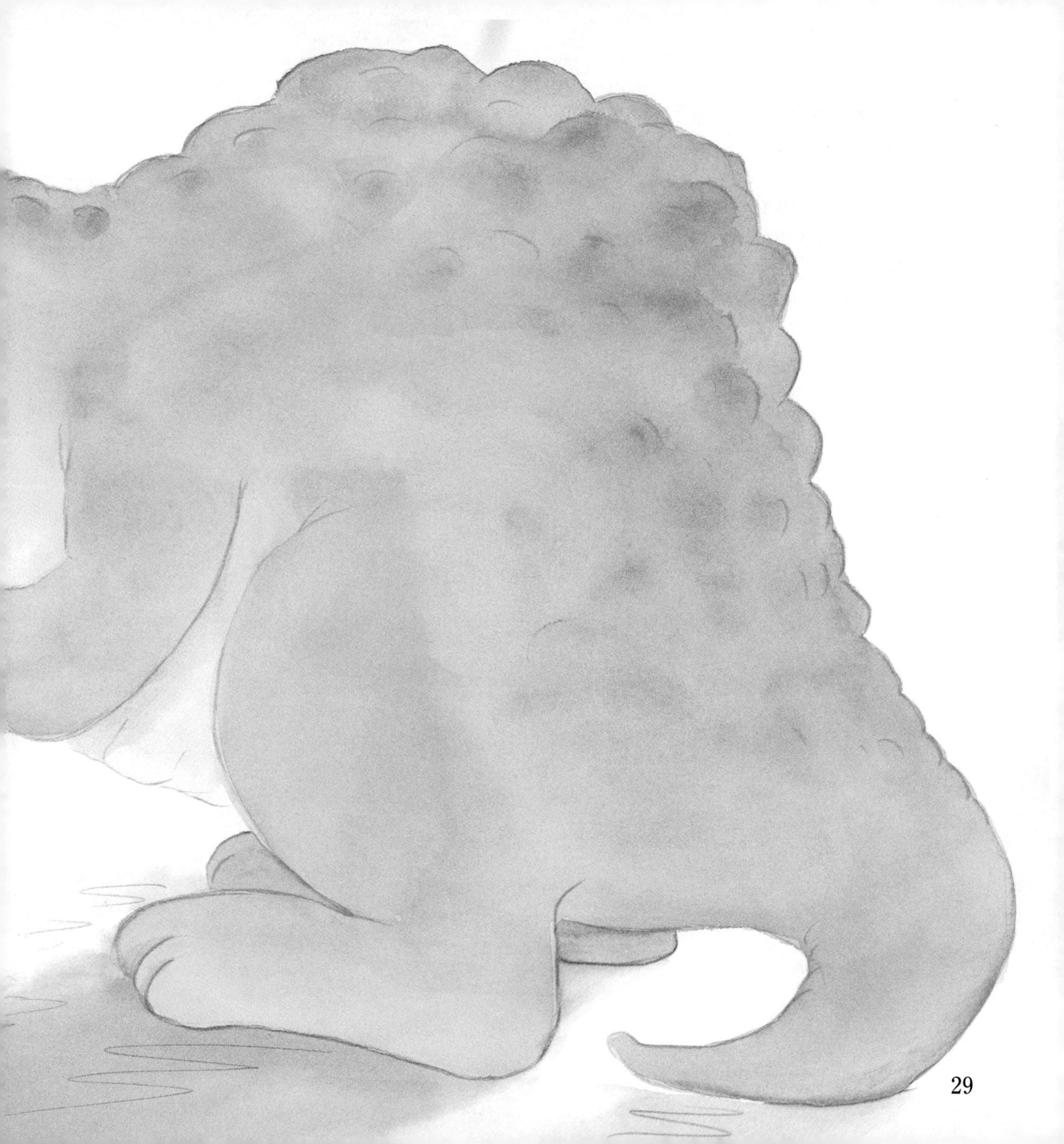

Brendan fait ses excuses à Joshua et lui chante cette chanson :

Je ne voulais pas te faire de peine
En changeant mon nom pour le tien.
Je sais maintenant
Comment on se sent
Quand on perd ce qui nous appartient.

— Mais maintenant, ma plante est la plus petite de la classe, dit Brendan. Je suis encore triste.

— Elle va peut-être rattraper les autres plus tard, dit Joshua.

Et après quelques jours, c’est exactement ce qui se produit.